HÉSIODE ÉDITIONS

VICENTE BLASCO IBÁÑEZ

Les Quatre fils d'Ève

Hésiode éditions

© Hésiode éditions.

1 rue Honoré - 93500 Pantin.
ISBN 978-2-493135-73-5
Dépôt légal : Septembre 2022

Impression Books on Demand GmbH

In de Tarpen 42
22848 Norderstedt, Allemagne

Les Quatre fils d'Ève

I

La moisson tirait à sa fin, dans la grande estancia argentine appelée « La Nationale ». Les hommes, venus de tous côtés pour faire la récolte évitaient de s'entasser dans les maisons des ouvriers et dans les dépendances où l'on gardait les machines agricoles et les balles d'alfalfa sec ; ils préféraient dormir en plein air et avoir pour oreiller le sac qui contenait tous leurs biens terrestres et qui les avait accompagnés partout dans leurs incessantes pérégrinations. Il y avait là des hommes de presque tous les pays de l'Europe. Les uns, éternels vagabonds, s'étaient mis à courir le monde entier pour rassasier leur soif d'aventures, et ils n'étaient que temporairement dans la pampa argentine – quelques mois, pas davantage – avant de transporter leur existence inquiète en Australie ou au cap de Bonne-Espérance. Les autres, simples paysans, Espagnols ou Italiens, avaient traversé l'Atlantique, attirés par l'étonnante nouveauté de gagner six pesos par jour pour le même travail qui, dans leur pays, était payé quelques centimes.

La plupart de ces moissonneurs appartenaient à la classe d'émigrants que les propriétaires argentins appellent « hirondelles » : oiseaux humains qui, chaque année, lorsque les premières neiges couvrent leur pays, abandonnent les rivages de l'Europe et s'envolent vers le climat plus chaud de l'hémisphère méridional. Ils travaillent durement, l'été et l'automne ; puis, lorsque le vent de la pampa commence à balayer les plaines, l'approche de l'hiver les effraie ; alors ils s'en retournent aux lieux d'où ils sont venus, et ils y arrivent à l'époque où la terre commence à se réveiller sous les premières caresses du printemps. Ils reviennent chaque année, serrés comme un troupeau de moutons sur l'avant des sordides vapeurs du service de l'émigration, pour travailler dans les fermes et pour y économiser un petit magot, en songeant sans cesse à leur lointaine patrie. Ils ne font pour ainsi dire que glisser sur le sol de la République Argentine, sans avoir la moindre velléité d'y prendre racine. Sitôt la moisson terminée, ils s'enfuient, emportant dans leur ceinture le produit de leur labeur, et prêts à revenir l'année suivante.

Pour les moissonneurs de « La Nationale », le repas du soir était le meilleur moment de la journée. Ils se réunissaient en groupes, rapprochés par le lien d'une commune origine ou par le charme personnel de la sympathie. Ils soupaient en plein air, assis sur le sol autour de la marmite fumante. Quoique les nuits fussent chaudes, ils allumaient des feux, pour que la flamme et la fumée les protégeassent contre les moustiques, féroces maîtres de la plaine.

Dans ces groupes, dont les éléments, provenant de diverses contrées de la terre, étaient venus se réunir en ce coin perdu de l'Amérique du Sud, tous les processus de la sélection sociale, toutes les évolutions qui modèlent lentement un peuple, s'accomplissaient en quelques jours. Ceux qui possédaient un pouvoir naturel de domination exerçaient bientôt sur leurs camarades une autorité de chefs ; ceux qui se distinguaient par quelque don spécial ne tardaient pas à prendre la suprématie. Tel était respecté pour son courage, tel pour l'éloquence de sa parole, tel pour son expérience et sa prudence.

Le tio Correa – un vieux sec, décharné, mais robuste encore malgré son âge – était l'oracle des moissonneurs espagnols. Sa connaissance profonde des hommes, ses conseils astucieux, la longue habitude qu'il avait de la République Argentine, où il venait travailler depuis trente ans, lui valaient une solide réputation. Pour ses compatriotes et surtout pour les nouveaux venus, il était une espèce de patriarche ; et il profitait de ce prestige pour prendre la meilleure place près de la marmite, pour dormir dans le coin le plus commode, et même pour se décharger des besognes les plus fatigantes sur quelqu'un de ses fidèles admirateurs.

Un soir, après souper, tio Correa, assis à terre, contemplait son assiette de métal déjà vide, et « tirait » en vain sur un cigare qui ne voulait pas s'allumer. Sa chemise entr'ouverte laissait voir sur sa poitrine une épaisse toison grise. Autour de lui, une trentaine de moissonneurs espagnols faisaient cercle, assis à terre comme lui ; et les dernières lueurs du feu se reflétaient sur leurs visages vernis par la brûlure du soleil.

Quelques étoiles commençaient à clignoter sur la pourpre d'un ciel ensanglanté par le crépuscule. Les champs s'étendaient, pâles, estompés par la lumière incertaine du soir : les uns déjà fauchés et rendant par leurs blessures ouvertes la chaleur emmagasinée dans leur sein ; les autres, vêtus encore de leur onduleux manteau d'épis, où les premiers souffles de la brise nocturne faisaient courir un frisson. Des machines agricoles se détachaient sur le rouge sombre de l'horizon comme de monstrueux animaux qui commenceraient à surgir des profondeurs de la nuit. Dans l'obscurité croissante, les tracteurs automobiles et les batteuses prenaient des contours analogues à ceux des êtres gigantesques qui avaient couru sur cette plaine aux temps préhistoriques.

– Ah ! mes enfants ! – dit le tio Correa, en se plaignant d'une persistante douleur dans les articulations. Ce qu'un homme est obligé de travailler et de souffrir, pour gagner son pain quotidien !

Après cette lamentation, il continua de parler au milieu d'un profond silence. Tous les yeux étaient fixés sur lui. Ses compatriotes attendaient un conte qui les ferait rire, ou une émouvante histoire qui leur ferait allonger le cou d'étonnement, et de curiosité, jusqu'à l'heure de dormir. Mais, cette nuit-là, le vieux se montrait taciturne et plus disposé à gémir qu'à distraire les camarades.

– Et il en sera toujours ainsi, – continua-t-il. – Le mal est sans remède. Il y aura toujours des riches et des pauvres, et ceux qui sont nés pour servir les autres doivent se résigner à leur triste sort. Ma grand'mère le disait bien, et pourtant elle était une femme : c'est la faute d'Ève s'il n'y a pas d'égalité dans le monde ; et nous, qui passons rageusement notre vie à servir et à engraisser les autres, c'est la première femme que nous devons maudire pour la servitude à laquelle elle nous a condamnés. Mais quel est le mal qui n'a point pour cause les femmes ?

Le désir que le vieux avait de se plaindre, l'induisit à parler d'un Espagnol qui, dans la matinée, avait eu un bras saisi et horriblement broyé par l'engrenage d'une batteuse. On avait transporté le blessé à la ville la plus proche, c'est-à-dire à trente kilomètres de la ferme, pour lui donner les soins nécessaires. Le malheureux resterait mutilé et traînerait une vie de misère et de privations.

Le souvenir de cet accident produisit chez les auditeurs une tristesse et une inquiétude visibles. Et le vieux, comme s'il regrettait d'avoir fait naître le silence tragique qui pesait autour de lui, s'empressa d'ajouter :

– C'est une victime de plus de notre première aïeule. Oui, Ève seule est responsable de ce que les choses vont si mal sur cette terre.

Alors ses camarades, surtout ceux qui le connaissaient depuis peu de temps, montrèrent une grande envie de savoir pourquoi Ève était responsable de leurs disgrâces ; et le vieux se mit à conter le mauvais tour que notre première aïeule avait joué aux hommes

Le tio Correa avait « ses lettres ». Dans son pays natal, où il avait exercé diverses professions, il avait toujours été un lecteur assidu de journaux. De plus, il avait assisté à maintes réunions politiques, travaillé à maintes élections, prononcé même des discours de sa façon dans les cabarets populaires. Il avait donc sa rhétorique, et il commença par protester que ce qu'il allait raconter n'était pas une fable. Il s'agissait d'un fait réel, encore que ce fait fût très ancien, puisqu'il était arrivé quelques années seulement après qu'Adam et Ève eurent été chassés du Paradis terrestre et condamnés à gagner leur pain à la sueur de leur front.

Combien le pauvre Adam eut à travailler, pour remplir ses devoirs de père de famille !

En quelques jours, afin de construire les bâtiments de la ferme où il logerait Ève et leurs enfants, il fut obligé de s'improviser charpentier, menuisier et serrurier.

Puis il eut à domestiquer un grand nombre d'animaux, tant pour l'aider dans son travail que pour rendre sa nourriture plus abondante. Il s'empara du cheval, mit le joug au bœuf, persuada à la vache de se tenir tranquille dans une étable et de se laisser traire avec résignation, réussit à convaincre la poule et le cochon qu'ils devaient vivre auprès de l'homme, pour que celui-ci pût les tuer commodément chaque fois que l'envie lui viendrait de les manger.

Adam eut aussi à défricher les terres vierges pour les mettre en culture, à jeter bas des arbres énormes, à défoncer profondément le sol dur et rocailleux ; et il fit tout cela avec des outils de bois et de pierre inventés par lui-même : car il ne faut pas oublier qu'à cette époque Caïn, qui est le premier forgeron dont parle l'histoire, tétait encore le sein de sa mère.

Comme l'homme ne vit pas seulement de pain et que les friandises sont ce qui rend la vie agréable, Adam s'occupa avec plus de soin de son jardin, où poussaient les meilleurs arbres fruitiers, que de ses champs, où il cultivait d'autres denrées plus essentielles pour l'alimentation. À propos de ce jardin, le tio Correa, ému par les souvenirs de son pays dans cette pampa monotone où il n'y a que du blé et de la viande, énuméra avec complaisance les arbres aux doux fruits qui embellirent le premier verger créé par l'homme. Il décrivit le figuier, dont les feuilles découpées en pointes ressemblent à des mains ouvertes, dont le tronc gris et rugueux paraît recouvert de peau d'éléphant, et qui, les matins de soleil, laisse tomber de branche en branche un fruit qui, en s'écrasant sur le sol, montre ses entrailles rouges et granuleuses. Il décrivit l'oranger, avec son parfum d'amour, avec ses boules de miel enfermées dans des sphères d'or ; et toutes les variétés de pêchers et de bananiers ; et le melon qui vit sur le sol pour absorber mieux les sucs dont se compose sa chair blanche comme l'ivoire.

Parfois Adam se rappelait le pommier du Paradis et le serpent enroulé au tronc de l'arbre : ce serpent qui avait donné à Ève de mauvais conseils et qui lui avait inspiré de sots désirs. Mais ensuite, lorsqu'il contemplait son œuvre de jardinier, il haussait les épaules. Cette œuvre de ses mains lui paraissait plus solide et de meilleur avenir que la création improvisée du Paradis.

Certes ce n'était point à tort qu'il en était fier ; mais le travail était très pénible, et c'était pitié de voir Adam si usé par les fatigues. Après tant d'efforts, il ne lui restait que la peau sur les os. On lui aurait donné deux siècles de plus que son âge. Ève, au contraire, aurait pu passer pour son arrière-petite-fille.

Cette différence ne surprenait nullement le tio Correa. Durant sa vie aventureuse, lorsqu'il voyageait dans les pays les plus avancés et les plus modernes, il avait souvent observé que le mari travaille avec une énergie extraordinaire, passe la journée hors de chez lui à lutter âprement pour la conquête de l'argent, tandis que la femme reste dans son salon à jouer du piano et à recevoir des visites. Le résultat de cette inégalité dans l'effort, c'est que les femmes ont l'air d'être les filles de leurs époux, et que ceux-ci meurent ordinairement beaucoup avant elles.

– À vrai dire, – continua le vieux, – je ne sais pas qui mourut le premier, d'Adam ou d'Ève ; mais je parierais bien, sans crainte de perdre, que ce fut le pauvre Adam. Assurément Ève dut lui survivre et devenir une de ces riches veuves qui s'entendent parfaitement à administrer leur fortune. Ne doutez pas qu'elle a vécu de longues années, entourée de l'amour et du respect de ses innombrables enfants qui ne se souciaient pas d'être déshérités par leur mère.

Pauvre Adam ! Certains jours, après le travail, il était si fatigué que la respiration lui manquait et qu'il s'asseyait sur le pas de sa porte, pour se reposer un peu. Il avait passé la journée entière à piocher la glèbe, ou à dompter le cheval sauvage et le taureau farouche. Il aurait eu grand plaisir à contempler son Ève pendant quelques instants. Beaucoup d'hommes ne sont-ils pas enclins à adorer les êtres pour lesquels ils souffrent, et tout ce qui nous coûte très cher ne nous inspire-t-il pas une irrésistible admiration ? Or cette femme lui avait coûté le Paradis.

Et puis, Ève avait beau mettre au monde un enfant tous les ans, quelquefois deux, – elle ne pouvait pas s'en dispenser, puisqu'elle avait la mission de peupler la terre, – elle demeurait toujours aussi jolie.

À peine Adam, assis sur le pas de sa porte, avait-il essuyé la sueur de son front et commencé à goûter la douceur du repos, que la voix d'Ève l'arrachait à ce bien-être passager :

– Écoute, Adam ! Puisque tu n'as rien à faire, tu peux bien t'occuper à mettre la table.

Il arrivait même qu'elle se montrât injuste et agressive.

– Adam, lave-moi cette vaisselle. N'es-tu pas honteux de rester là, les bras croisés, tandis que je me tue de travail ?

Mais il y avait aussi des cas où elle prenait un ton de douce et caressante prière.

– Écoute, mon petit mari. Toi qui es si bon, tu devrais bien promener le bébé dans sa petite voiture. Le dernier-né, tu sais, celui qui porte le numéro soixante-douze. Tu vois bien, ma chère âme, que, seule comme je suis, je ne peux pas suffire à les soigner tous.

Et le travailleur infatigable, le bon procréateur d'un monde entier, mettait la table, lavait les assiettes et promenait le petit dernier dans une voiturette de son invention.

Ève aussi travaillait. Ce n'était pas une mince besogne de nettoyer, chaque matin, la morve de sept douzaines de moutards, de leur faire prendre un bain, de les sécher au soleil et de les empêcher de se battre entre eux jusqu'à l'heure du déjeuner. Mais elle était bien plus tracassée encore par d'autres préoccupations.

Aussitôt qu'Ève s'était vue hors du Paradis, elle avait ressenti les premières anxiétés de la pudeur et de la honte. Dès lors, sa longue chevelure ne lui parut plus suffisante pour cacher sa nudité, comme au temps où elle n'avait pas encore prêté l'oreille au méchant serpent. Lorsque, après avoir été une dame de la « haute », dans le Paradis, elle se vit réduite à n'être plus qu'une simple femme d'ouvrier dans le monde vulgaire, elle dut se confectionner en toute hâte un manteau de feuilles sèches qui la protégeât contre le froid et qui lui permît de se montrer dans une tenue décente aux êtres célestes.

Mais est-il possible qu'une femme comme il faut porte toujours le même vêtement ? Ce serait se ravaler au niveau des bêtes qui, depuis leur naissance jusqu'à leur mort, gardent sans cesse le même pelage, le même plumage ou la même carapace. En sa qualité d'être raisonnable, Ève était capable de ces transformations infinies qui constituent le progrès. C'est pour cela qu'elle s'appliqua à perfectionner l'art d'embellir sa personne.

Mue par la noble ambition de maintenir la supériorité de l'homme sur les autres créatures, elle voulut avoir chaque jour un vêtement neuf. On se tromperait absolument si l'on croyait, avec quelques philosophes de mauvaise humeur, que cette résolution lui fut dictée par la vanité, ou par le frivole désir de plaire aux hommes, ou par le malicieux dessein de faire enrager ses amies.

Pour sa parure, elle mit à contribution toutes les ressources que la nature lui offrait : les fibres des plantes, les écorces des arbres, les fourrures des quadrupèdes, les plumes des oiseaux, les pierres brillantes ou colorées que la terre vomit dans ses crises de colère.

La tâche d'inventer de nouveaux vêtements et de nouveaux ornements lui parut si importante, et elle attacha tant de prix à la nouveauté et à la variété, qu'il en résulta de grands changements dans la vie qu'on menait à la ferme. Désormais les enfants furent de longues heures et quelquefois des journées entières sans voir leur mère. Les plus petits, couverts d'une couche de crasse, se roulaient à terre dans les ordures, tandis que les plus grands se battaient à coups de poing pour s'imposer les uns aux autres leurs volontés, ou rossaient leurs petits frères pour contraindre ceux-ci à les servir comme des esclaves.

Quelquefois la tribu entière se mettait d'accord pour saccager le garde-manger paternel, et elle dévorait en une heure toutes les provisions qu'Adam avait emmagasinées pour une semaine.

– Maman ! Maman !

Un chœur de voix enfantines éclatait à l'intérieur du logis, comme pour appeler au secours.

– Silence, démons ! Laissez-moi en paix. Il est impossible d'avoir un instant de tranquillité dans cette maison.

Et, après avoir fait taire la marmaille par le ton menaçant de sa voix, Ève s'absorbait de nouveau dans ses méditations.

– Voyons : quel effet produirait une cape de peau de panthère avec un collet de plumes de lori, et un chapeau d'écorces avec une garniture de roses et de queues de singe ?

Son imagination ne se lassait pas de concevoir les créations les plus extraordinaires pour l'embellissement de sa personne. Une lutte s'engageait chez elle entre le désir de montrer les trésors occultes de sa beauté, et le sentiment de la modestie et de la pudeur, naturel chez une mère.

Lorsqu'elle se décidait pour une jupe courte qui lui descendait à peine jusqu'aux genoux, elle inventait aussitôt après, par manière de compensation, des manches qui n'en finissaient plus et un collet qui lui montait jusqu'aux oreilles. Si, dans un accès d'audacieuse coquetterie, elle créait une toilette de cérémonie sans manches et très décolletée, elle s'efforçait, aussitôt après, de revenir à la vertu en se faisant une jupe qui lui couvrait la pointe des pieds et qui traînait par derrière une longue queue, avec un froufrou semblable au bruissement des feuilles sèches en automne.

Cependant, Adam allait presque nu et montrait en toute innocence ses hontes de pauvre. Toute sa garde-robe ne se composait que de quelques peaux de mouton, vieilles et déchirées, qui attendaient qu'on les réparât. Ève, absorbée dans ses fantaisies somptuaires, ne trouvait jamais la demi-heure nécessaire pour ce raccommodage.

Le premier homme était plein d'admiration pour les continuelles métamorphoses qu'il constatait chaque jour chez sa femme. Un matin, la chevelure d'Ève flamboyait des rouges ardeurs de midi ; le matin suivant, elle avait pris les tons suaves et dorés de l'aurore ; le surlendemain, elle était devenue noire comme la nuit profonde. Certains soirs, Ève allait à la rencontre d'Adam avec une jupe volumineuse, presque sphérique de la taille aux pieds, et si large que c'était à peine si elle pouvait passer par la porte. Mais, d'autres soirs, – car la mode est faite de changements brusques et de contrastes violents, – elle avait une jupe aussi étroite et aussi ajustée que le fourreau d'une épée de parade, et c'était à peine si elle pouvait marcher, en sautillant comme un moineau.

Son visage aussi subissait des transfigurations étonnantes. Tantôt elle était pâle, d'une blancheur pareille à celle de la poussière des chemins, de sorte qu'elle semblait être sous le coup d'une émotion mortelle ; et tantôt ses joues étaient si rouges qu'elles paraissaient illuminées par les feux du soleil couchant.

Adam avait beaucoup de plaisir à la contempler, quoiqu'elle continuât à le traiter assez mal et qu'elle l'obligeât à s'acquitter de nombreuses besognes domestiques, lorsqu'il revenait des champs, éreinté. Le pauvre homme, grâce à de si coûteux avatars, croyait avoir toutes les vingt-quatre heures une femme nouvelle.

Au contraire, Ève s'ennuyait d'un mortel ennui. À quoi bon se parer avec tant de soin, s'il n'existait aucun homme, hormis Adam, qui pût la voir ? D'ailleurs elle était bien convaincue qu'elle était un objet d'admiration pour tout ce qui l'entourait.

Sa vanité avait fini par lui faire comprendre les langages des animaux et des choses, langages jusqu'alors inintelligibles pour les personnes.

Chaque fois qu'elle sortait de chez elle, la forêt entière s'animait d'un murmure de curiosité ; les oiseaux cessaient de voler, les quadrupèdes s'arrêtaient dans leurs courses folles, les poissons sortaient la tête à la surface des rivières et des étangs.

– Voyons, ce qu'elle a inventé aujourd'hui pour nous imiter, – criaient insolemment les perroquets et les singes, du haut des arbres.

– Très bien, ma fille ! – approuvaient l'éléphant, avec de lents mouvements de sa trompe, et le taureau en agitant son front armé.

– Venez voir la dernière création d'Ève ! – piaillaient des milliers d'oiselets dans le feuillage.

Cette ovation de la nature, qui d'abord avait fait rougir d'orgueil notre première mère, lui devint bientôt indifférente. C'était l'applaudissement d'une multitude inférieure, et Ève aspirait à l'approbation de ses égaux. L'unique personne, hélas ! qui pouvait admirer les inventions et les délicatesses de son bon goût, c'était son mari ; et sans doute un mari est un être respectable et qui mérite certains égards, surtout quand c'est lui qui soutient la maison ; mais pourtant il serait ridicule que les femmes s'habillassent pour se faire admirer par leurs seuls époux, comme il serait ridicule qu'un poète écrivît des vers pour les lire aux seuls membres de sa famille.

Non ; la femme est une artiste, et, comme tous les artistes, elle a besoin d'un grand public, d'un public immense à qui elle puisse inspirer l'admiration et le désir, même si elle n'a pas la moindre intention de satisfaire ce désir. C'est pourquoi, comme il n'y avait alors en ce monde aucun autre homme qu'Adam, et que celui-ci ne l'intéressait guère, Ève se mit à penser aux êtres bienheureux qui étaient souvent descendus du ciel pour lui faire visite, au temps où elle habitait le Paradis.

À cet endroit de son récit, le tio Correa s'interrompit pour donner une explication qu'il jugeait nécessaire.

Comme Dieu est un roi, ceux qui l'entourent se comportent à la façon des courtisans d'ici-bas, c'est-à-dire qu'ils adoptent tous les sentiments, toutes les passions de leur royal maître, et qu'ils s'y attachent même avec plus de force que celui-ci. Dès que le Tout-Puissant eut manifesté sa colère contre Adam et Ève en les expulsant du Paradis, les habitants du ciel rompirent les relations d'amitié qu'ils avaient avec eux, leur refusèrent le salut et évitèrent soigneusement de les rencontrer.

Parfois, lorsque Ève se mirait dans le cristal d'un petit lac qui lui servait de miroir, elle entendait derrière elle un bruit d'ailes. C'était un archange qui, accomplissant ses fonctions de courrier céleste, portait un message du Seigneur.

Ève le reconnaissait, se souvenait parfaitement qu'on le lui avait présenté, dans une des réceptions qu'elle avait données au Paradis. Mais elle avait beau tousser ou fredonner, afin d'attirer l'attention de ce passant, elle avait beau prendre des attitudes gracieuses : le voyageur aérien se refusait à la reconnaître et précipitait ses battements d'ailes pour s'éloigner au plus vite.

« À quoi sert-il qu'une femme soit belle et bien habillée, pensait Ève amèrement, si elle ne reçoit pas de visites et si elle est condamnée à vivre en marge de la société ? »

Et, de rage, elle déchirait ses costumes les plus originaux, qu'elle venait à peine d'achever ; puis elle cherchait noise au pauvre Adam, qu'elle accusait d'être l'unique auteur de la perte du Paradis.

– Oui, c'est toi ! Ne le nie pas ! C'est toi qui m'as fait perdre ce jardin si agréable, si distingué, avec toutes les brillantes relations que j'y avais ! Tu as eu avec le serpent je ne sais quelles louches intrigues, et c'est cela qui a excité la colère du Seigneur.

Le pauvre Adam, interloqué, ne répondait que par de timides observations :

– Tu devrais bien t'occuper un peu plus des enfants. Tu pourrais consacrer un peu moins de temps à ta toilette.

Mais ces vulgaires conseils inspiraient à Ève une telle indignation que sa parole en devenait poétique :

– Tu veux donc que j'aille toute nue ? – protestait-elle d'un air hautain. – Vois ce que fait le vent ! Il est moins intéressant que moi, il n'a pas de corps ; et pourtant il s'enveloppe dans une cape de poussière pour courir le long des chemins, et d'une mante de feuilles sèches pour traverser les forêts.

II

De temps à autre, un chérubin voletait autour de la ferme d'Adam et d'Ève comme un pigeon perdu. Il s'était dérobé pour quelques heures à la tâche de faire des roulades dans les chœurs célestes, et il avait osé descendre dans les régions terraquées, espérant bien que le Seigneur lui pardonnerait cette escapade lorsque au retour il lui conterait ce qu'il aurait vu et le renseignerait sur la façon dont allaient les affaires humaines depuis le péché originel.

Ève, avec ses yeux de femme curieuse, découvrait aussitôt la mignonne face joufflue qui l'épiait, à demi cachée dans l'épaisseur du feuillage. Et elle appelait le petit vagabond, en esquissant un de ses plus jolis sourires :

– Écoute, chérubin. Tu arrives de là-haut ? Comment va Seigneur ?

Lorsque le bambin céleste se voyait découvert, il se décidait à s'approcher et finissait même par se poser sur les genoux de notre première mère.

– Comme toujours, – répondait-il, – le Seigneur se maintient immuable et magnifique.

– Quand tu le reverras, – poursuivait Ève, – dis-lui que je me repens beaucoup de ma désobéissance… Ah ! le temps que j'ai passé au Paradis était si agréable ! Quelles splendides réceptions j'y ai données ! Quel riche buffet ! Ah ! ces pâtisseries célestes !

Une des choses qu'Ève regrettait le plus, c'étaient les pâtisseries célestes. Elle déplorait de les avoir perdues autant que d'avoir perdu l'amitié des bienheureux.

– Dis-lui aussi, – recommandait Ève au chérubin, – qu'à présent nous travaillons et souffrons beaucoup. Dis-lui que nous avons grand désir de le voir, ne serait-ce qu'une fois, pour lui présenter nos excuses. Mon mari et moi, nous serions si heureux de nous convaincre qu'il ne nous garde pas rancune !

– Il sera fait comme vous le demandez, – répondait le mioche.

Et, en deux ou trois coups d'ailes, il disparaissait entre les nuées.

Mais, quoiqu'elle eût donné maintes fois des commissions de cette sorte, elle n'obtenait jamais de réponse. La plupart de ces oiseaux célestes n'avaient pas l'occasion de revenir dans les parages terrestres. Il arrivait néanmoins, de temps à autre, qu'elle reconnaissait quelqu'un de ces êtres ailés.

– Je sais qui tu es, petit, – lui disait-elle. – Je t'ai vu rôder de ce côté-ci, la semaine dernière. As-tu fait ma commission au Seigneur ? Qu'est-ce qu'il t'a répondu ?

Le plus souvent, l'ange ainsi interpellé gardait le silence ou balbutiait quelques paroles sans suite, comme font les enfants bien élevés qui ne veulent pas répéter à une dame des paroles désagréables.

– Le Seigneur t'a sûrement répondu quelque chose, – insistait Ève. – Allons, parle.

Un jour, elle trouva un chérubin tout jeune, aux grosses joues roses, qui ne sut pas dissimuler.

– Oui, madame, – expliqua-t-il, – Sa Divine Majesté m'a répondu quelque chose. Quand je lui ai rapporté ce dont vous m'aviez chargé pour lui, il m'a dit : « Eh quoi ! Ce couple de coquins vit donc encore ? »

Ève ne voulut voir dans ces paroles que la mauvaise plaisanterie d'un enfant sans éducation. Il lui semblait impossible que le Seigneur eût dit pareille chose. S'il persistait à rester invisible, c'était indubitablement parce qu'il était très occupé par l'administration de ses domaines immenses et qu'il ne disposait pas d'une demi-heure de liberté pour venir faire un tour sur la terre.

Un matin, elle fut récompensée de sa foi dans la bonté divine. Un messager céleste, qui sautait de nuée en nuée, s'approcha d'elle et lui cria :

– Écoute, femme ! S'il ne pleut pas cet après-midi, il est possible que le Seigneur vienne vous faire une courte visite. Il n'a pas vu la terre depuis si longtemps ! Hier soir, en causant avec l'archange Michel, il lui a dit : « Je me demande souvent ce que sont devenues les deux vilaines canailles que nous avions dans le Paradis. J'aurais plaisir à les voir. »

Tout étourdie de cette nouvelle, Ève appela Adam, qui travaillait dans un champ voisin.

Le remue-ménage qui s'ensuivit dans la ferme peut être comparé à celui qui précède la fête patronale dans n'importe quel village d'Espagne, lorsque, la veille au soir, les femmes nettoient leurs maisons de la cave au grenier, tout en préparant la grande ripaille du lendemain.

L'épouse d'Adam balaya et lava les planchers du vestibule, de la cuisine, de la chambre à coucher. Elle mit un couvre-pied neuf sur le lit ; elle frotta les chaises avec du sable et les savonna. Puis elle inspecta la garde-robe de la famille ; et, quand elle eut constaté que les peaux de mouton de son mari n'étaient pas présentables, elle lui confectionna en un tour de main un veston de feuilles sèches. Pour un homme c'était bien assez.

Elle consacra le temps qui lui restait à orner sa propre personne. Elle contempla avec des regards perplexes quelques centaines de vêtements qu'elle avait faits et refaits, et elle se demanda avec désolation :

– Comment m'habillerai-je pour recevoir dignement un si grand personnage ? En vérité, je n'ai presque rien à me mettre.

Elle considéra avec tendresse une longue tunique noire, de coupe sévère, qui ne laissait voir aucune ligne de son corps blanc. Mais ensuite elle pensa que tous les visiteurs seraient des hommes, et qu'il serait mal à propos de les recevoir avec tant d'austérité.

Tout à coup, comme elle venait de choisir une de ses toilettes mixtes, très hardie par un bout et très discrète par l'autre, une vraie tempête de cris et de pleurs arriva à ses oreilles. Toute sa progéniture était en révolution. Cette progéniture ne se composait que d'une centaine d'enfants, mais elle faisait tant de tapage qu'il semblait que toute la terre s'était mise à hurler.

Pour la première fois de sa vie, Ève arrêta longuement ses regards sur ce petit monde. Ils avaient les cheveux ébouriffés, les joues tachées de boue sèche, le nez couvert de croûtes. Leur mère, trop absorbée par ses inventions de modiste, les avait oubliés durant des mois et des mois.

« Comment présenter tous ces polissons-là au Seigneur ? se dit-elle. Ils sont trop laids. Le Tout-Puissant croirait que je suis malpropre et mauvaise mère. Car le Seigneur est un homme, et les hommes sont incapables de comprendre combien il est difficile de soigner tant de moutards. »

Et elle se mit à récriminer contre Adam, comme si c'était lui qui avait à répondre de l'abandon dans lequel vivaient leurs enfants.

Mais le temps passait, et il était urgent de faire le choix de ceux qui seraient présentés. Après beaucoup de doutes et d'hésitations, elle en choisit quatre, ceux pour qui elle avait un faible – quelle mère n'a ses préférences ? – et elle les débarbouilla, les habilla le mieux qu'elle put. Puis, avec force bourrades, elle poussa tous les autres dans une étable et les y enferma sous clef, malgré leurs protestations.

Déjà les visiteurs célestes arrivaient. À peine Ève eut-elle le temps de donner un dernier coup d'œil à sa toilette, de tapoter sa robe pour en faire disparaître les faux plis et de passer le peigne sur les boucles indociles de sa chevelure.

Blanche et lumineuse, une colonne de nuées descendit du ciel et vint se poser sur le sol, tandis que bruissaient d'innombrables ailes et que les « hosannas ! » chantés par un chœur immense se répercutaient dans les espaces infinis.

Les premiers voyageurs, en débarquant de ce convoi de nuées commencèrent à remonter le sentier de la ferme. Ils étaient environnés d'une telle splendeur qu'il semblait que toutes les étoiles du firmament fussent tombées sur la terre pour s'ébattre entre les carrés de blé cultivés par Adam.

En tête du cortège marchait l'escorte d'honneur, un détachement d'archanges qui, de la tête aux pieds, étaient couverts d'étincelantes armures d'or. Quand ces archanges eurent remis le sabre au fourreau, ils s'approchèrent d'Ève pour lui débiter quelques galanteries : « Les années ne passaient point pour elle, et elle était toujours aussi fraîche et appétissante qu'au temps où elle habitait le Paradis. »

Bref, quelques-uns des plus entreprenants essayèrent de joindre les actes aux paroles, en donnant à Ève un baiser. Mais heureusement elle avait son balai à portée de la main, et elle les obligea, par une rapide contre-offensive, à se replier dans le jardin, où ils se perchèrent sur les arbres.

À cette vue, le pauvre Adam fut bien marri.

– Ils vont me manger toutes mes figues et toutes mes pêches ! – s'écriat-il en levant les bras.

Un cyclone aurait été moins dommageable pour lui que l'invasion de cette allègre soldatesque. Mais, comme Adam était un homme de tact, il finit par se taire, après avoir sacré un peu.

Le Seigneur parut. Sa barbe était d'argent, et il avait la tête ornée d'un triangle lumineux qui rayonnait comme le soleil. Derrière lui venait Michel, dans une armure incrustée de pierres précieuses qui formaient de fantastiques arabesques. Les ministres et les hauts dignitaires de la cour céleste fermaient la marche.

Le Créateur salua Adam avec un sourire de commisération.

– Comment cela va-t-il, mon pauvre homme ? Ta femme ne t'a pas compromis dans de nouvelles intrigues ?

Puis, se tournant vers Ève et lui prenant le menton, d'une main caressante :

– Et toi, bonne pièce, est-ce que tu continues à faire des folies ?

Touchés par tant de simplicité, les époux offrirent au Seigneur l'unique fauteuil qu'ils possédaient, assez semblable à un trône. C'était un siège à bras, large, moelleux, fait avec la meilleure corde de sparte, un siège, enfin, comme on n'en trouve que chez le curé d'un riche village.

Assis dans ce fauteuil, Sa Divine Majesté écouta ce qu'Adam lui racontait sur ses travaux, sur les affaires qui n'allaient pas, sur les difficultés qu'il avait à vaincre pour gagner la vie de sa famille et de lui-même.

– C'est très bien fait et j'en suis fort content, – lui répondit le Seigneur, avec un sourire qui agitait sa barbe resplendissante. – Cela t'apprendra à désobéir à tes supérieurs, et surtout à ne pas suivre les conseils d'une femme. Croyais-tu, par hasard, que tu allais être hébergé gratis au Paradis, et qu'en même temps tu serais libre d'y faire tout ce qui te passerait par la tête ? Souffre donc, mon garçon ; travaille et rage. Cela t'apprendra ce que coûte la liberté.

Ensuite le Seigneur considéra Ève longuement. Déjà, tout en causant avec Adam, il avait jeté sur elle des coups d'œil de curiosité et d'indignation. C'était la première fois qu'il voyait une femme vêtue. D'où pouvait bien être sorti cet animal au plumage étrange, ce perroquet sans ailes dont il aurait été incapable de concevoir la forme absurde et les couleurs criardes, même dans ses moments de plus frénétique création ?

Ève, s'apercevant que le Seigneur l'observait, prit les attitudes qu'elle jugea les plus séduisantes, s'efforça de faire valoir les charmes de son corps et l'élégance de sa parure ; et en même temps elle souriait, sûre d'elle-même. Alors le Tout-Puissant fut bien obligé de reconnaître qu'il y avait effectivement une certaine grâce dans cette parure qu'il avait d'abord trouvée si ridicule.

– Elle continue à être aussi frivole, – murmura le Seigneur en s'adressant à Michel, son généralissime, qui ne le quittait jamais d'une semelle et qui se tenait alors derrière son fauteuil. – Toujours la même tête de linotte que nous avons connue au Paradis. Mais il faut bien avouer qu'elle sait s'attifer avec goût.

Résultat : le cœur du Seigneur s'adoucit, et il sembla même que le Souverain Juge regrettait un peu sa sévérité d'autrefois ; car il ajouta sur un ton de bienveillance :

– N'espérez pas que je vous pardonne et que je vous permette jamais de jouir une seconde fois des félicités du Paradis. Ce qui est fait est fait, et mes sentences sont irrévocables. Il faut que vous subissiez les effets de ma malédiction. Si je manquais à ma parole sacrée, je me méconnaîtrais moi-même. Toutefois, puisque je suis venu vous voir, je ne veux pas m'en aller sans vous laisser un souvenir de ma visite. À vous-mêmes il m'est impossible de rien donner, puisque je vous ai maudits ; mais vos enfants sont innocents, et ce sera un plaisir pour moi de faire à chacun d'eux un petit cadeau...

Ève lui présenta aussitôt les quatre préférés.

– Quatre enfants seulement ? – s'étonna le Seigneur. – Je vous croyais une descendance plus nombreuse. Mes cadeaux ne me ruineront pas. Allons, petits, approchez.

Les quatre polissons s'alignèrent devant le Tout-Puissant qui les examina avec attention. Après cet examen :

– Viens ici, toi, – dit-il en désignant un petit, sérieux et ventru, au regard pénétrant et aux sourcils froncés, qui avait écouté gravement toute la conversation en se suçant le pouce. – Je te confère le pouvoir de juger tes égaux. Tu seras le dispensateur de la justice ; tu interpréteras à ta guise les lois faites par d'autres ; tu posséderas le privilège de définir ce qui est le Bien et ce qui est le Mal, sauf à changer d'opinion de siècle en siècle. Tu assujettiras tous les délinquants aux mêmes règles pénales, mesure aussi sage et prudente que celle par laquelle les médecins prétendraient guérir tous les malades avec le même remède.

» Ta situation dans le monde sera la plus stable, la plus inamovible. Avec le temps, il arrivera peut-être que les hommes doutent de tout ce qui les entoure ; il arrivera peut-être qu'ils osent discuter sur ma propre existence et qu'ils me nient. Mais toi, tu n'as rien à craindre. Tu seras la Justice auguste et infaillible, qui ne se trompe jamais, et sans laquelle la vie humaine est impossible. Ceux-là mêmes qui se feront de leur incrédulité absolue un titre de gloire, ne laisseront pas de s'indigner, si quelqu'un a l'audace de mettre en doute ta rectitude. Et si tu tombes dans des erreurs qui coûtent la liberté ou la vie à des hommes, la majorité dissimulera ton horrible méprise en invoquant « le caractère sacré de la chose jugée ».

Ensuite le Tout-Puissant fit signe à un second marmot d'avancer. Celui-ci était brun, d'aspect jovial et hardi, avec le crâne en pointe, la mâchoire carrée et les oreilles saillantes ; il tenait toujours dans sa main droite un bâton, avec lequel il frappait ses frères ; à l'heure des repas, il s'emparait des portions des autres, et, si ceux-ci protestaient, il les faisait taire en les menaçant. Quand il fut à une certaine distance du Tout-Puissant, il se planta dans l'attitude militaire, les mains collées aux cuisses, les yeux fixés devant lui, comme un soudard allemand bien discipliné.

– Toi, – lui dit le Seigneur, – tu seras l'homme de guerre, le héros. Tu conduiras tes semblables à la mort, comme le boucher conduit les brebis à l'abattoir. Cela n'empêchera pas que tout le monde t'admire et t'acclame, y compris ceux qui, sous ta conduite, seront mis en pièces ; car tu auras à ton service des fétiches d'un inépuisable pouvoir : les mots Gloire, Honneur, Patrie, Drapeau.

« Les hommes parleront avec émotion des lois morales et des commandements religieux qui leur disent « Tu ne tueras pas », « Tu ne voleras pas », « Tu aimeras ton prochain comme toi-même » ; mais toi, guerrier semblable à un demi-dieu, tu vivras au delà du Bien et du Mal. Si les autres tuent, on les jugera comme des criminels, et ils finiront leurs jours dans un bagne ou sur l'échafaud. Toi, au contraire, tu grandiras en proportion de tes tueries ; et les gens, lorsqu'ils t'admireront couvert de sang humain, s'écrieront en chœur : « Voilà un véritable héros ! »

« S'il t'arrive de convoiter un territoire, la première chose que tu feras, ce sera de t'en rendre maître par la force, en exterminant tous ceux qui tenteront de te résister au nom de leurs droits anciens. Ensuite, tu trouveras toujours des jurisconsultes qui se chargeront de prouver, textes en main, ton droit à la possession des terres conquises. Commets toutes sortes d'atrocités, mais sois vainqueur. Tu auras toujours raison, si tu es victorieux. Personne n'osera demander de comptes au conquérant, et, dans leurs temples, les prêtres de toutes les religions célébreront ton triomphe et chanteront pour le salut de ton âme. Inonde les pays de sang, passe les peuples au fil de l'épée, incendie les villes, massacre, détruis et pille. Cela n'empêchera pas les poètes de te célébrer et les historiens de perpétuer tes hauts faits, beaucoup plus que si tu étais un bienfaiteur de l'humanité. Mais, s'il advient que d'autres, sans être habillés de ce vêtement de coupe et de couleur spéciales qu'on appelle uniforme, tentent de t'imiter et commettent les mêmes atrocités que toi, ils traîneront une chaîne dans le cachot d'une prison... Tu peux te retirer. Qu'un autre s'avance ! »

Le troisième était un adolescent maigre, nerveux, d'une pâleur verdâtre, au regard plein de ruse. Le Seigneur, avant de décider ce qu'il ferait de lui, réfléchit un instant ; puis il prononça :

– Toi, tu dirigeras les affaires du monde ; tu seras en même temps le marchand et le banquier. Tu prêteras de l'or aux rois : cela te permettra de les traiter comme s'ils étaient tes égaux ; et, s'il t'arrive de ruiner toute une nation pour ton profit, le monde admirera ton habileté. Tes grandes combinaisons financières répandront la panique dans l'univers entier, feront peser sur les villes des heures d'angoisse mortelle. Tes victoires à la Bourse auront pour accompagnement les coups de pistolet de tes victimes acculées au suicide et les pleurs de leurs familles.

« Tu provoqueras des guerres incompréhensibles, tu favoriseras des traités de paix ruineux, tu seras responsable de l'envoi de cuirassés et d'armées expéditionnaires pour soutenir tes revendications injustes et usuraires contre les peuples faibles. Tes fils croiront protéger les arts en entretenant luxueusement des danseuses, des cantatrices ou des femmes quelconques, qui porteront de somptueux costumes et des joyaux extraordinaires pour la satisfaction de ton orgueil. Quant à toi, retenu par tes affaires, tu vieilliras et tu arriveras tard sur la scène de la vie, pour y être un Mécène de la même espèce ; mais tu te contenteras de protéger les peintres.

« Les opinions les plus disparates accompagneront pendant trente ou quarante ans le souvenir de ton nom : car ton nom, comme celui des ténors et des comédiens, vivra tout juste ce que vivront les personnes qui t'auront connu. « Il a été utile au progrès humain », diront les uns en se souvenant de tes flottes de navires marchands et des voies ferrées dont tu auras sillonné le désert. « Il a été un bandit, un monstre qui, pour gagner ses richesses, a sacrifié plus de vies humaines qu'un conquérant », affirmeront les autres en pensant que, pour chaque kilomètre de rails posés, tu auras empli d'ouvriers un cimetière. Et tous auront raison, tous diront la vérité : car, ce qu'il y a de plus drôle dans la vie des hommes, c'est que tous les hommes se réclament toujours de la vérité, de la vérité absolue et indiscutable, sans savoir que cette vérité absolue n'est qu'un songe et qu'il y aura toujours autant de vérités que d'intérêts. N'oublie pas cela, et poursuis ton chemin.

Le tour du quatrième enfant était venu, et celui-ci s'avança. Quand le Seigneur vit ce morveux, il se mit à rire. Le petit avait à peine deux pieds de haut ; mais le Tout-Puissant, à qui rien n'échappe, comprit tout de suite qu'il était le chéri de sa mère.

Le Tout-Puissant examinait ce minuscule personnage avec une gaîté mal dissimulée, considérait ses robustes épaules, sa tête énorme et son large front. Cet enfant avait le regard orgueilleux, et ses lèvres se contractaient dans une grimace où il y avait un mélange de mépris et d'adulation. Il tenait à la fois du roi et du comédien.

Le marmouset n'était nullement intimidé par la présence du Créateur. Il se tenait droit, une main sur la poitrine, l'autre appuyée sur le dossier d'une chaise. Son front élevé semblait attendre l'inspiration d'en haut. Il gardait la raideur d'un modèle, comme s'il eût posé devant le sculpteur chargé de sa future statue.

Sa mère le connaissait bien, et elle avait recours à lui, lorsqu'elle s'occupait à la confection de ses toilettes, pour faire tenir tranquille sa nombreuse progéniture.

– Viens, mon trésor, – lui disait-elle. – Fais-moi le plaisir d'amuser tes frères par un de tes discours.

Et le petit, entraîné par sa propre éloquence, parlait des heures et des heures sans savoir ce qu'il disait. Pendant ce temps-là, Ève avait le loisir d'achever son ouvrage.

– Toi, – déclara le Tout-Puissant, – tu seras le roi de la terre : tu seras l'Orateur, et ce mot dit tout. Tes frères, en dépit de leur pouvoir et de leur orgueil, vivront sous la protection de ta parole. Le guerrier t'obéira ; le juge te servira et te soutiendra, pour maintenir sa propre situation ; le banquier te paiera tout ce que tu lui demanderas, pour que tu sois son avocat et que tu défendes ses combinaisons terribles. Ton unique mérite sera de bien parler, et cela suffira pour que tous te regardent comme l'homme le plus sage de la terre.

« Sans avoir besoin d'étudier les affaires, tu en parleras interminablement. Et si, parfois, tu as besoin de montrer tes connaissances, elles seront de troisième ou de quatrième main, ce qui n'empêchera pas les masses de t'acclamer comme un génie.

« Dans les temps difficiles, tout le monde s'adressera à toi, et l'on verra en toi l'unique espoir de la patrie. « Mettons-le à la tête du gouvernement, diront les gens, puisqu'il parle mieux que tous les autres. » Telle est l'absurde logique par laquelle l'humanité se laisse conduire. Pour gouverner une nation, pour administrer ses affaires et même pour commander ses armées, rien ne paraît valoir un bon orateur, capable de parler à toute heure, facilement et sans fatigue. Quand éclatera une guerre, c'est toi qui, de ton fauteuil, dirigeras les généraux. Quand viendra le moment de négocier la paix, c'est à un congrès d'orateurs que l'on confiera cette mission. La parole, plus encore que le sabre, sera maîtresse du monde. Parle, mon enfant, parle avec éloquence et sans te fatiguer ; et le monde t'appartiendra. »

III

Adam pleurait silencieusement, plein de gratitude pour les bontés du Seigneur. Ses quatre fils venaient de recevoir l'empire de la terre.

Cependant Ève paraissait inquiète. Plusieurs fois elle avait été sur le point d'interrompre le Tout-Puissant par un mot, un seul ; mais, alors qu'elle avait déjà ce mot sur les lèvres, elle s'était tue. Lui était-il possible d'arrêter le flot des bienfaits célestes qui se déversait sur les quatre petits ? Et pourtant le remords étreignait son cœur maternel. Elle songeait au troupeau des enfants enfermés dans l'étable, à ceux qui, par sa faute, allaient être privés des largesses divines.

Enfin elle s'approcha d'Adam et murmura :

— Je vais montrer les autres au Seigneur.

Il est déjà tard, — observa le mari. — Et puis ce serait demander trop de choses, et le Seigneur pourrait se fâcher de cette indiscrétion.

Tout juste au même instant, l'archange Michel, qui était venu à contre-cœur visiter les deux réprouvés, insistait près de son divin maître pour que celui-ci terminât la visite. Ce caprice du Seigneur lui était très désagréable ; mais d'ailleurs il ne s'y opposait que d'une manière indirecte, avec la circonspection d'un ministre de la Guerre qui depuis des siècles accompagne partout son souverain.

— Majesté, — insinua-t-il doucement, — le soleil ne tardera pas à se coucher, et déjà les nuits sont fraîches. À l'âge de Votre Majesté, il serait imprudent de prolonger cette visite.

Visiblement Michel était inquiet, et il y avait l'expression d'un souci dans les yeux de ce guerrier blond, dont la splendide chevelure d'or se rayait déjà de quelques poils argentés. Il pensait à Lucifer, qui avait été aussi blond, aussi arrogant et aussi guerrier que lui-même, et qui maintenant, sous le nom de Satanas, était laid, déchu et foulé aux pieds, comme tous les rebelles qui ne triomphent pas.

Durant des millénaires, Michel avait permis aux peintres et aux sculpteurs célestes de le représenter tenant sous ses pieds et sous sa lance puissante Satanas, le camarade et le rival d'autrefois. Ce qu'il y avait à craindre, ce n'était pas qu'un habitant du royaume de Dieu tentât un nouveau soulèvement et se révoltât, comme avait fait Lucifer. Aujourd'hui les bienheureux étaient trop avisés pour tomber dans une erreur si grossière. Mais l'archange s'était bien aperçu que Satanas, en apparence inerte sous ses pieds, ne s'était pas résigné pour toujours à la défaite et qu'il avait une sourde envie de recommencer la lutte, dès qu'il aurait trouvé des renforts.

D'où pourraient lui venir ces renforts ? Puisque ce n'était pas dans le ciel, c'était sans doute sur la terre que l'ange, déchu à cause de son orgueil révolutionnaire, comptait les trouver. Or Michel appréhendait fort une série de nouvelles batailles, où il n'était pas bien sûr d'être toujours vainqueur. Qui pouvait savoir si les rôles de l'éternelle tragédie ne changeraient pas ? Qui pouvait savoir si, cette fois, Satanas ne remporterait pas la victoire et ne se dresserait pas à son tour avec arrogance sur le corps de Michel abattu et foulé aux pieds ?

– Majesté, – insista l'archange, – hâtons-nous de quitter ces importuns.

Le Seigneur se leva de son fauteuil. Hors de la ferme retentirent les notes criardes des trompettes qui sonnaient le rappel, et les blonds soldats de l'escorte divine descendirent des arbres avec tant d'impétuosité qu'ils n'y laissèrent ni fruits, ni feuilles. Une nuée de sauterelles n'aurait pas fait pis.

La garde se forma en deux files devant la porte et présenta les armes, tandis que le Monarque de l'Univers sortait lentement, appuyé au bras de Michel. Mais Ève lui barra le passage.

– Un instant, s'il vous plaît, Divine Majesté.

Et elle courut à l'étable, dont elle ouvrit la porte.

– Je ne vous ai pas dit toute la vérité, – reprit-elle, d'une voix émue par le remords. – J'ai d'autres enfants. Pitié, Seigneur, pour ces petits ! Faites-leur un don quelconque ! Que votre souveraine miséricorde ne les oublie pas !

Le Tout-Puissant regarda cette bande de moutards avec surprise et répugnance. Michel, lui, fronça les sourcils et porta instinctivement la main droite à la garde de son épée ; il venait de reconnaître, dans cette horde sale et mutine l'ennemi futur. C'était sur ces monstres que comptait son adversaire infernal pour triompher dans l'avenir ; c'étaient ses dernières réserves, les troupes de l'effort désespéré. Quel dommage de ne pouvoir les écraser tout de suite, ici même, avant qu'ils eussent grandi !

– Allons-nous-en, Seigneur, – insista-t-il en poussant doucement son souverain. – Il ne faut rien donner à cette canaille. Le mieux, c'est qu'ils périssent tous !

Et il repoussa Ève rudement, en lui enjoignant de ne point insister sur sa présomptueuse requête.

Quant au Seigneur, il s'excusa :

– Je ne puis rien faire pour eux, ma pauvre femme. Il ne me reste rien à donner : leurs quatre frères ont pris tout… Non, ne pleure pas je n'aime pas à voir des larmes féminines. Peut-être, en réfléchissant, trouverai-je encore quelque chose pour eux… Nous verrons cela plus tard.

– Non, Seigneur ; donnez-leur tout de suite quelque chose ! – supplia Ève qui ne se contentait point de cette promesse vague. – Qui sait quand Votre Divine Majesté reviendra de ce côté-ci ? Peu importe le don. Faites à chacun d'eux un tout petit cadeau, accordez-leur une fonction, une occupation. Sinon qu'adviendra-t-il de ces pauvres chéris ?

L'archange allait ordonner qu'une escouade de la garde divine écartât de vive force cette femme obstinée. Mais le Tout-Puissant, grâce à sa Sagesse infinie, trouva une solution. Ce qui l'y aida, c'est qu'il avait hâte, lui aussi, de s'éloigner de la ferme et de cette déplaisante marmaille. Il caressa sa longue barbe et dit à Ève :

– Ne pleure plus je viens de leur trouver une occupation, et ce ne sera pas une sinécure. Ils travailleront tous à soutenir leurs frères, dont ils seront éternellement les serviteurs.

L'histoire de tio Correa était finie. Après une longue pause, voici la conclusion qu'il en tira :

– Vous et moi, tous ceux qui passent leur vie courbés vers la terre pour subvenir à leur misérable existence, nous sommes les descendants de ces petits malheureux que notre première mère avait enfermés dans l'étable.

Les moissonneurs demeurèrent silencieux et pensifs. Mais tout à coup une voix s'éleva dans l'ombre :

– Et les filles ? Que faites-vous des filles ?

Tio Correa, surpris et perplexe, promena ses regards sur le cercle de ses auditeurs et demanda :

– De quelles filles voulez-vous parler ? Qu'est-ce que les filles ont à voir dans cette histoire ?

L'interpellateur, toujours caché dans l'ombre, reprit :

– Il est certain qu'Ève a eu aussi des filles ; sans quoi, les femmes n'existeraient pas aujourd'hui. Et Dieu sait s'il y en a, trop peut-être. Ce que je voudrais savoir, c'est quel fut le sort des filles d'Ève. Notre première mère en a-t-elle présenté aussi quelques-unes au Seigneur, pour qu'il leur fît un cadeau ? Ou les a-t-elle enfermées toutes dans l'étable en compagnie de nos pauvres aïeux ?

Il s'éleva du cercle un murmure de curiosité, un peu semblable à celui qui s'élève d'une réunion électorale quand le discours d'un candidat est coupé par une objection imprévue. Tous les yeux se tournèrent vers le vieux, qui se grattait la tête et qui regardait à terre avec embarras. Mais soudain il sourit, triomphant.

– On voit bien, – dit-il d'un ton bonasse, – que celui qui a posé cette question est jeune et sans expérience. Ève était femme et connaissait trop bien les besoins des femmes pour perdre son temps à faire des démarches inutiles. Dieu a beau être Dieu et disposer de tout ce qui existe ; à partir du jour où il a donné la vie aux femmes, ce n'est plus à lui qu'il appartient de leur rien donner.

Et il s'interrompit, pour jouir de la surprise et de l'intérêt avec lesquels ses paroles avaient été accueillies. Puis il s'expliqua :

– Avant leur naissance, Dieu peut leur donner à pleines mains la beauté, la grâce, et même, quelquefois, la discrétion et le talent. Mais, dès qu'elles sont au monde, l'homme est leur unique espérance. Tout ce qu'elles sont et tout ce qu'elles possèdent, elles le doivent à l'homme. C'est pour elles que les pauvres peinent, que les politiciens exercent le pouvoir, que les soldats accomplissent leurs prouesses, que les millionnaires entassent l'argent, que la justice se relâche le plus facilement de sa dureté. Non, les femmes n'ont rien à demander à Dieu, puisqu'elles reçoivent tout des hommes. Et, quand les hommes travaillent pour la gloire, pour l'ambition ou pour la richesse, ils ne font, en somme, que travailler par et pour elles.